KB147779

바람의 독서

황금알 시인선71

바람의 독서

초판인쇄일 | 2013년 7월 15일
초판발행일 | 2013년 7월 31일

지은이 | 채재순
펴낸곳 | 도서출판 황금알
펴낸이 | 金永馥
선정위원 | 마종기 · 유안진 · 이수익 · 문인수
주 간 | 김영탁
편집실장 | 조경숙
표지디자인 | 칼라박스
주 소 | 110-510 서울시 종로구 동숭동 201-14 청기와빌라2차 104호
물류센타(직송 · 반품) | 100-272 서울시 중구 필동2가 124-6 1F
전 화 | 02)2275-9171
팩 스 | 02)2275-9172
이메일 | tibet21@hanmail.net
홈페이지 | http://goldegg21.com
출판등록 | 2003년 03월 26일(제300-2003-230호)

ⓒ2013 채재순 & Gold Egg Publishing Company Printed in Korea

값 8,000원

ISBN 978-89-97318-48-3-03810

*이 책 내용의 전부 또는 일부를 재사용하려면 반드시 저작권자와 황금알
양측의 서면 동의를 받아야 합니다.
*잘못된 책은 바꾸어 드립니다.
*저자와 협의하여 인지를 붙이지 않습니다.
*이 책은 강원도 · 한국문화예술위원회 · 강원문화재단으로부터 발간비
일부를 지원받았습니다.

바람의 독서

채재순 시집

황금알

시와 겸상하여 살면서 가끔 시무룩했고, 숟가락에 반찬 얹어주며 제법 다정한 날도 있었다. 고단한 날엔 밥숟가락을 놓고 우두커니 바라보기만 한 적도 있다. 입맛이 없느냐고 굳이 묻지 않았다.

읽던 책을 내려놓고 바다 산책을 나선다. 독서와 산책 사이에서 시들이 잉태되고, 태어났다. 파랑을 건너온 말들엔 혓바늘이 돋아 있다.

금방 새 떠난 나뭇가지가 쓸쓸하다. 시를 떠나 사는 날들이 그렇다. 물소리 잦아들 무렵, 나무 아래를 오래 들여다보게 된다. 바람결에도 쉽게 다치던 날들이 몇 편의 시가 되어 고스란히 쌓였다.

2013년 여름
외옹치 바닷가에서
채재순

차 례

1부

기념일 · 12

페트라 · 13

독서 · 14

산맥 · 15

앨버트로스 · 16

벼랑 학교 · 17

텔레파시 · 19

다이아몬드 읽기 · 20

어디로 갔을까 · 21

물소리 잦아들 무렵 · 23

농담의 기원 · 25

링 · 27

캄캄절벽이 환하다 · 28

평생 · 29

저녁 산 · 30

행군 · 31

2부

백마흔네 번째 날의 아침 · 34

1초 · 36

국경을 넘어가라 · 38

도서관의 고요 · 39

블랙박스 · 41

광야의 적막 · 43

담쟁이 · 44

광야의 꽃 · 45

단풍 · 46

극복 · 47

생의 한순간, · 48

등판에 소금꽃 피었네 · 49

단칼 · 50

파손주의 · 51

발자국 · 52

가랑잎 지다 · 53

3부

말지도 · 56

고비 사막 · 57

광야 · 58

눈멀다 · 59

사람 도서관 · 60

광야의 그 나무 · 61

양귀비꽃, 사라졌다 · 62

호박 공양 · 63

손 · 64

마라 · 65

설악 · 66

주먹왕 박춘식 · 67

마르고 닳도록, 길 · 69

아빠는 빗자루 · 70

하수오와 박주가리 사이에서 · 71

이런 순간, · 72

4부

섣불리 · 74

항상이라는 말엔 · 75

먹다 · 76

허겁지겁 · 78

어느 절에 · 79

서성이다 · 80

소통을 위하여 · 81

개복숭아 나무 그늘에 가자 · 82

등이 가려워지기 시작했다 · 83

절벽이 풍경을 만든다 · 84

빚 · 85

갈대의 노래 · 86

꽃샘추위 · 87

강가에 가 보아라 · 88

외옹치 · 89

바다 산책 · 90

■ 발문 | 김영준
광야를 걸으며 바람을 읽다 · 92

1부

기념일

어제의 나보다 더 나아진 나를 기념하는
참사람 부족
숨가쁘게 챙겨야 할 것 많아 허둥대는 세상 향해
일침을 가하는 기념일
춤, 사냥, 바느질, 연장 만드는 솜씨,
시간 재는 능력이 나아졌다고,
작년보다 올해 더 지혜로운 사람이 되었다고
축하 꽃다발을 걸어준다네
자기만이 알 수 있는 더 나아짐
파티를 열어야 할 때가
언제인가 말할 수 있는 사람은
자신뿐이라고
자기 기준으로 남을 판단하지 않고
스스로 선택한 길로 걸어가는 걸
진심으로 축복해 주는,
나이는 그냥 저절로 먹는 건데
무슨 축하할 일이냐며,
바람이 잔잔한 날
겨드랑이 털이 자라는 기미를 눈치채며
살아가는

페트라

그 계곡 절벽에 새겨진 마음 읽었을 때
비로소 시인이 되었다
그동안 산발한 머리채로 걸어왔다
집과 신전을 각인하며 살았던
그들 마음속으로 저벅저벅 들어가는 순간
화살이 가슴으로 날아들었다
온몸으로 앓았다
삶이 미로라는 걸 일찍이 깨달은 자들의 틈새 보며
낙타 등 의지해 서쪽으로 가고 있다
숨가쁜 사랑도, 절박한 사랑도 간 곳 없다
절대 고독 향해 성큼성큼 걸어간
선배 시인이 있었다
순간을 새겨 넣으며
혼신을 다해 쓰고 간,
개 한 마리 계곡으로 가고 있었다
생의 하루를 절뚝이며
고스란히 먼지를 뒤집어쓴 채

독서

몇 개의 국경을 넘어간다
지문을 찍고, 카메라에 나를 들이대며 간다
숨 고르며 잠시 긴장된 눈빛으로
국경을 넘어갈 때마다 바뀌는 풍경
숨가쁘게 먹여주는 것을 읽으며
책장을 넘긴다
배경을 꼭꼭 챙기며 기념 촬영도 잊지 않고
걷고 또 걷다 보면
여정은 줄어들고
여기서는 오래된 일인 듯 하품을 해대며
스탬프를 찍어주는 출입국 직원
후미진 골목길을 지나, 광야를 건너
눈 비비며, 도로표지판을 읽으며
가야 하는 순례의 길
스스로 묶이고 중독되어 가는 길
가끔 되새김 하는 순간
입안 가득해지는 단맛
그 끝에 고스란히 지어져 있는
고요한 집 한 채

산맥

험준한 산길에서도 저를 버리지 않는 나무들
요란스레 희망에 들뜨지 않고,
절망을 만나도 굽히지 않았던 시간
지금 통과하는 능선과 능선이
굽이굽이 산맥을 이루리라
절벽이 잇닿은 길들
두려움을 넘어서
가파른 생애를 이끌고 넘은 이들이 산맥이다
꼿꼿한 산맥을 보라
얼마간의 벼랑이 구석구석 숨겨져 있다
온몸으로 끌고 온 굴곡
일몰에 한층 선연하다

앨버트로스

바람 향해 날개를 펴고
폭풍 봉우리까지 솟아오른 후
바람 잦아들기를 기다려
먼 거리까지 활강하는,
높은 벼랑 위에서
거세게 몰아치는 바람에
제 자신을 맡기는,
날아오를 수 있는 98퍼센트의 힘은
바람에게 얻는다는 신천옹信天翁
이 새의 또 다른 이름
하늘을 믿고 살아가던 예전의 어느 노인처럼
천연덕스럽게,
날아가려고 아등바등하지 않으면서
폭풍을 즐기는
새의 시간

벼랑 학교

오늘도 갑니다
숨이 턱까지 차오르지만 등교합니다
몸속 가득 비명을 숨겨놓고 산 적도 있지요
비지땀이 흐르는 날
마음이 절간 같은 날에도
출렁다리 건너 교정에 들어섭니다
낭떠러지 경고를 가슴에 새기고 걸어갑니다
몹시 멀미 심해 울렁거리는 날
엉금엉금 기어서라도
지각은 하더라도 결석은 하지 않아요
줄넘기하던 친구가 손짓하고
숨바꼭질과 보물찾기도 기다리고 있지요
말짱한 정신으로
거미줄에 걸린 것들을 세어보는 날도 있지요
뒤꿈치가 아파도, 발톱이 빠져도
반창고 바른 후 절뚝거리며 교실 문을 열지요
내 의자엔 누구도 앉을 수 없어요
대리 출석을 용납하지 않는 학교
출석부엔 사라진 이름과 사라질 이름이 있지요

살림이 바닥나더라도
세상을 읽고, 셈하러 학교에 가야 해요
살아있는 동안,

텔레파시

그들 사이엔 전혀 거짓말이 없어
텔레파시만으로 상대의 마음을 읽고 있지
마음에서 마음으로 가는 길을 알고 있는 참사람 부족
공금 횡령, 탈세, 사기가 판치고 있는 세상에선
마음을 읽게 내버려두지 않지
누군가 속마음을 읽을까 봐 두려워 숨기기에 급급하지
말은 마음으로 하는 것이란 걸
몸소 보여주고 있는 사람들
이 지상에 남아 있다 아직,
얼마 남지 않았다
어느 날 그 부족이 지구상에서 사라질 그날
이건 엄포가 아니다
더 이상 지상에 머무를 수 없게 되어
깨끗하게 떠날 뿐이라는 전언

무슨 미련이 남아
아직도 떠나지 못하는 사람들로 북적이는
먼지 가득한 세상엔
텔레파시 부재중

다이아몬드 읽기

땅속에 묻혀 섭씨 550도에서
1평당 인치당 750톤의 압력을 받은 후 얻은 이름
다이아몬드
몇 번의 지진이 지나갔을까
얼마만큼의 용암이 들끓었을까
어떤 크기의 쓰나미가 덮쳤을까
한때 석탄이었던 시절이 있었지
몇 번의 낙심, 몇 건의 절교
며칠 동안의 환멸, 몇 평의 사막을 건딘 시간들
칼바람, 번개에게 싸대기 맞고,
산꼭대기에서 눈비 맞으며 자란 단단한 나무
연주자 어깨 위에 있는 바이올린으로
화려한 무대 위에 오르기까지
퍼렇게 멍든 등짝

어디로 갔을까

뻗쳐오르던 의욕은
빛나던 식욕은
다 어디로 갔을까

걸어 잠그고 웅크린 자세로
생각이 생각의 꼬리를 물고
함부로 일렁이는
퉁퉁 부어오르는 시간들
세상은 모두 소란으로 여겨져
얇아져서 없어질 것 같은 몸뚱이

부글부글 끓어오르는 적의
누군가는 욕심을 내려놔라
신께 맡기라 하지만
여전히 비틀거리는
쇳덩이처럼 무거운
모든 것이 불편한

늦은 밤

냉장고 문 여닫던 그 식욕이 그리운
뜨거운 불꽃으로 타오르고 싶지만 무기력해지는
누가 때리는지
누구와 싸워야 하는지
저벅저벅 밟고 다니는 불안한 심장 박동
마음이 마음을 후벼 파고 있는

물소리 잦아들 무렵

가을 나무 아래
격투의 이력 고스란히 쌓였다

멀찍이 서서 바라보며 사는 게 아름다운 일인지
턱밑까지 다가가서
바스락거리며 사는 게 옳은 일인지
그만 먹먹해져서 서성거리고 있을 때
누군가는 물가로 가야 한다 했고
더러는 햇살 좋은 곳을 물색해야 한다 했다
푸르게 산 날들이 있었다
바람결에도 쉽게 다치는 일이 많았다

노을 속에서 들여다본다
단풍이 들기 시작하는 나를
단풍든 나를 바라보는 그를
물소리 잦아들 무렵이면
한 세월 저무는 일에 골몰해진다

단풍나무 아래 여윈 개울물

자그마한 한 잎 떨림에 파문이 일고
무엇을 말하고 싶은지
가끔 멈칫, 한다

가을나무, 허공 중에 길 내느라
부쩍 수척해졌다

농담의 기원

앙코르!
됐어, 더 하긴 개뿔
대체 뭐가 문제야?
그 농담을 지어낸 건 내가 아니란 말야
난 그걸 팔고 있었을 뿐이야

농담이 태어나는 곳*은 웃음기라곤 없지
생명을 담보로 태어나는 농담
덜 웃긴 자에게 권총이 발사된 후에야
완성되는 안도의 한숨
절대농담; 모든 사람을 웃기는, 죽음에 이르게 하는
농담을 위해 죽어간 순교자
농담을 들을 때마다
농담을 할 때마다
대의를 위해 죽어간 유머리스트를 기억하라!
허를 찌르는 농담
웃음 브레이크가 듣지 않는 농담
더 수준 높은 농담으로 공격해야 살아남는 광장

잡담 가득한 세상에 보급할 농담을
만들 수는 있으나
누구도, 만든 이가 누군지 몰라야 하는
정곡을 찔러 병도 고칠 수 있다는 농담의 위력
최후의 농담은
집중 조명 아래에서 시작되지
도전자는 무너지려는 웃음 둑을 지탱해야 하지
더 강도 높은 농담과의 싸움이 끝나지 않았기에
최후의 일격을 가해야 하기 때문에

* 베르나르 베르베르의 단편 소설 제목

링

어디든 링이다, 발 딛고 선 곳이면
한번 링에 오른 자는 내려올 수 없다
링 바깥에는 몸을 만들기 위한 지루한 싸움의 연속
수없이 상대 바꿔가며 싸워야 하는 복서
승부는 그 싸움에서 결정되지
사각형 바깥을 지배하지 못한 자가
보여줄 수 있는 건 패배뿐
상대선수가 바뀔 때마다 다른 방식으로
세밀하게 준비해야 하는,
온 체중이 실린 어퍼컷을 얻어맞아 얼얼한,
계체 순간 가득 고인 침조차 삼킬 수 없는,
체중계 앞에서 떨고 있는,
그게 삶이라고

캄캄절벽이 환하다

아흔 노모의 귀는 캄캄절벽이다
친구분과 맛나게 이야기 나누시길래
무슨 얘길 하셨냐니까
서로 제 얘길 했지 하신다
고래고래 소리 지르지 않는
캄캄절벽끼리의 말씀
벽 만드는 일이 없다
마주 보며 웃는다
절벽끼리 말이 말랑말랑하다
서로 다른 말을 가지고서도
저토록 웃을 수 있는 천진난만
밀고 당기는 일 없는 캄캄절벽이 환하다

평생

가시털이 자꾸 찌른다
다시 혼자가 되면
등 돌리고 새는 밤이 너무 외로워
또 가시에 찔리고,
다시 혼자가 되는 호저같이
그렇게 평생이 간다

말로, 눈빛으로
아프게 하며 살아온 날들

서로 짠하게 여기며
봉숭아 꽃물 들여 주며 살자
남은 평생

저녁 산

그리운 사람이 있거든
저녁 산을 보라
선명해진 능선이 그 사람 얼굴로
피어나는 그 시간을 놓치지 마라
몸이 아픈 그대
잠시 멈춰 저녁 산을 바라보라
그대가 걸어온 오늘이
그 사람에게로 더 가까이 간 하루였음을
저녁 산을 향해
그리운 얼굴 만지듯 촘촘하게
주파수를 맞춰 보라
눈부심이 수그러든 산자락에서
들려오는 소리, 그리운 목소리

행군

완전군장 한 채
축구공을 차며 행군을 한다
전에 공 없이 행군하다 낙오한 적이 있는 자이다
작곡가 파블로 카잘스
침대에서 겨우 일어나 굼뜬 동작으로
피아노 앞에 앉아 반주를 한다
피어나는 그의 몸,
나비의 춤
연주 끝내고 돌아가는 그는 더 이상
아흔 노인이 아니다
음악이 완전군장을 잊게 한 게 틀림없다

2부

백마흔네 번째 날의 아침

하루에 5분씩 빨라지는 시계가 있다는 소식 들었는지
마을 중앙 광장 커다란 시계탑 아래서
오래된 해시계는 가당찮은 유물일 뿐이라던 목소리
시계탑 속 시간에 따라
매일 5분씩 일찍 일어나기 시작한 마을 사람들
용맹정진 밭을 갈고, 씨앗을 뿌렸지
오래지 않아
신음소리 가득한 마을이 되었어
몇몇 사람들이 의심하기 시작하자
처형을 서두를 태세였지
천지간 정확한 것이라곤 중앙 광장 시계뿐이라고
단호하게 말했네
해시계를 찾아 나선 사람들 있었지
짐작하겠지만 백마흔네 번째 날 아침*은
밝아오지 않았네
환한 대낮에 이부자리를 펴고,
캄캄한 어둠 속에서 깨어나
논밭으로 나가야 했던 제국 백성들
누군가에 의해 조작된 시계

그 시간에 이끌려 살고 있지는 않는지
중앙 광장 시계탑 아래 서 있는 건 아닌지
지금 당장 점검하시라
거기에 들어서면 쉽사리 돌아 나올 수 없을 것이네
시계탑의 위용에 눌린 자 여럿 있었지
시계의 위험함을 누군가 알고 있다면
그 광장에 들어섰다 나온 자임이 틀림없다네
문득 삶이 깜깜해지거든
백마흔네 번째 날은 아닌가 의심하시게

* 극작가 최재도의 라디오 단막극 제목. 하루에 5분씩 빨라진 시계가 백
  마흔네 번째 날이 되면 밤과 낮이 완전히 뒤바뀌게 된다.

1초

비 오는 창 밖 내다보며
사무치게 누군가를 그리는 한순간

새로운 생명 탄생을 위한 눈짓의 순간

나를 떠난 말이
상대의 마음을 관통하는 시간

가슴 때리는 세상의 빗방울
피하기 위한 우산을 펼칠 때

살기 위해 부려먹은 발걸음 오십보백보

그대가 건넨 바통을 놓치는 순간

아득한 길 위에서 문득
뒤돌아보는 사이

내 생각이 상대를 낚아채는 순간

한평생,
인생을 만들어간 1초

국경을 넘어가라

다급해지는 순간,
머리만이라도 구멍 속에 처박는 타조
정신의 새로운 국경을 넘고 있는

걱정 가득한 머릴 어쩌지 못해
뒤척이기만 하던 날들
제 생각 한번 담장 밖으로 내보내지 못하고
곱씹다가 진창에서
허우적대는 마음아

흉터 없는 자는 통과할 수 없다
국경을 넘고 싶었으나
지레 겁먹고 주저앉아 있는 이들
여럿 있다

국경을 넘어가라
비명이 사선을 넘게 한다

도서관의 고요

당장이라도 뛰어나갈 자세가 되어 있는
고요를 내장하고 있는 도서관
웅변을 기록한
두툼한 책들이 입 다물고 있다
두근거리며, 쌓였던 함성을 풀어놓았을
저자들 목소리 잠재워
일목요연한 목록을 저장하고 있는,
수다를 잠잠하게 하는 것이 제 소관인 도서관
침묵에 길들여진 책갈피
둥근 허기 채우려는 왕성한 식욕에 선택되는 순간
아뿔싸, 비로소 봇물 터지게 연설해대는,
끊어져 있던 기억의 이랑 웅얼거리고
속 깊은 재채기하고 싶은 마음에
명치끝이 답답한
도서관 서가에서 벌 받고 있는
책, 책, 책
격렬과 지리멸렬이 함께 숨 쉬는
도서관,
그 일가로 들여진 대가

톡톡히 치르고 있는
공들인 집의 묵은 고요

블랙박스

일생에 딱 한 번 열어야 할 때가 있다
그렇게 뚜껑이 열리고
속엣 것들이 까발려지는 순간
판도라 상자가 되고 마는,
마음에 귀를 기울이면
발신음이 들렸을 텐데
항로를 벗어나지 말라는 경고를
무시하고 살아온 날들
곡예비행 행로들이
낱낱이 밝혀지는 순간,

열지 말고 건드리지 말 것!
열지 말고 건드리지 말 것!

청문회장에서
다 고발되고 있다
설마 했던 십수 년 전 일까지,
까맣게 잊고 싶은 진실
아슬아슬했던 비행 기록
제 무게의 3400배까지 견뎌온 박스

가물가물할 만큼 녹슬어 버린
자물쇠를 믿어온 시간
지독한 불감증에 젖어 살아온 나날들
마침내 종료 휘슬이 울리고 있다

광야의 적막

시간의 흔적들은 모두 광야에 있다
그대가 모래알처럼 웃을 때
그때 알아보았다
조금씩 부서져 내리는 중인 것을
눈여겨봤던 모든 것들 알알이 흘러내리고,
스러질 수밖에 없음을

타는 저녁놀을 읽어봐라
간절히 바라던 것들이 모여
서서히 황홀하게 사라지고 있는 것을
소스라치게 놀라지 마라
오늘도 우린 서쪽으로 조금씩 가고 있다
천지간에 모래바람 일고 있다
흙먼지 가득한 광야에 저녁이 오고 있다

담쟁이

말잔치보다 행동을 앞세우는 자
그에게도 벼랑 끝 날들이 있었다
벼랑에서 벼랑을 돌파하는
서슬 푸른 눈빛,
꽉 깨문 입술을 보라
침묵의 대오엔 틈이 없다
총력전 선포 후
낮은 포복으로 오르는 몸에선
땀내가 진동한다

푸른 숨소리만 가득하다

마음의 촛불 든 자 여기 있다

광야의 꽃

말 잊은 지 이미 오래된 꽃
광야가 기다림을 가르친
먹으려고 덤볐다가 독이 있어
슬그머니 가버리는 덕분에
더 오래 피어 있게 된

신의 의중 알아차리고
하늘을 우러르는 나날
지나가던 바람
신의 걸작 중 한 장을 읽게 됐다며
한참 들여다보고
늦은 비가 뿌리에 당도하자
감질난다 투덜거리지 않고
물기와 햇살 품고 있는 꽃
곁에 서 있는 나무의 숨소리, 눈빛까지 읽게 된
지금도 구름이 침 발라 읽고 있는
광야의 꽃

단풍

안간힘으로 쥐었다 놓은 시간의 손금
한바탕 울음 끝에 붉어진 저 얼굴
초록이 다한 페이지 위에
속 끓이며 또박또박 써내려간 그 마음

벼랑 끝에서 나뭇가지를 움켜쥔 흔적
살아온 날들이
첩첩산중 울긋불긋 번지고 있는
생의 펄럭임 잠재우고
제 몸으로 불 밝히는
가을 경전

극복

물 찾아가다 트럭 발밑에
여지없이 깔리는 홍게

늑대가 기다리는 걸 알고도
1400km 대장정을 감행하는 순록

해산을 위해 바다가
온통 제집이라고
숨이 턱에 차도록 다니는 고래

마라강의 누떼
신선한 풀을 찾아
사선을 넘고 있다

전속력으로 가고 있다

공포라는 허들을 뛰어넘고 있다

극복하는 자의 발바닥엔
피가 묻어 있다

생의 한순간,

눈길 위에 작은 새 발자국
사람 발자국 사이 사이로
저녁 끼니를 찾아왔을지도 모를
가녀린 것들의 한순간,
눈여겨보는 이 없는 산길을
고요히 내고 있는 떨림
솔잎개비 슬며시 떨어져
다소곳이 앉아있는
일몰의 어스름 속
순간,
새 한 마리 근처 나무를 향해
한 획을 긋는다

등판에 소금꽃 피었네

팔순 기념 가족여행 중인 어머니
여기가 제주도냐고 계속 물으시네
그라운드에 난입한 시간과 격투하느라
뒤로 쑤욱 빠진 엉덩이, 퉁퉁 부은 발등
세월에 할퀴인 자국 선연한 얼굴로
아직도 제주도냐
먹먹하게 새겨질 그 말
어두워져서 놓치는 소리가 많아도,
잘못 알아듣는 말들이 많아도
무덤덤한 귀
어두워져서
오독誤讀의 날이 많아도,
오기誤記의 나날이어도
아쉽지 않은 눈
저물어가는 혀로
짭짤한 꽃게장 맛나게 드시네
끊임없이 티격태격하는 동안
등판에 소금꽃 피었네
정작 어머니 중얼거림에
귀가 어두워진 건 누구였던가

단칼

부탁의 말 끝나기도 전에
단칼에 잘라버린 적 있다
섭섭한 눈길로 돌아서기 무섭게
매정하게 문 닫아건 적 있다
그러는 사이 가을 지나 겨울이 왔다
단칼에 베어버리지 못해 낭패를 보는 건
어리석은 짓이라며
착각의 칼을 휘둘러 왔다
믿었던 상대의 등 뒤에
칼을 꽂았다

흘러가는 강물의 행렬 속에
어른거리는 얼굴, 얼굴
뒤늦게 결국, 스스로 베고
또 벨 수밖에 없었던 나날들
칼날이 되었던 세 치 혀, 두 눈
서슬 퍼런 세상을 잘 사는 방법은
이것밖에 없다며
온몸이 칼날 되어 살아왔던 시간

파손주의

저기 깨지기 쉬운 사람이 간다

명예가 무너진
재산이 파손되고
건강이 부서진,

'파손주의'라고 써진 등짝을 보라

잔소리에 깨지고
뼈있는 말에 파손되고
속임 말에 넘어간,

가슴에 '취급주의'가 새겨진
사람을 보라

슬픔에 갇힌,
질그릇 하나가 간다

발자국

　마을 뒷산 솔숲 지나 양지바른 무덤가에서 만난 멧돼지 발자국 풀뿌리를 뒤졌는지 무덤 옆구리가 움푹 파여 있었죠 산길을 따라 올라가니 그놈들의 똥이 수북하게 모여 수군거리고 있더군요 일가족이 몰려다닌 게 분명합니다 송이버섯 지역임을 표시한 붉은 끈 쳐놓은 곳도 있었고, 언제 사용했었는지 까마득한 전선이 땅에 몸을 내려놓고 있었지요 이런 끈들이 저놈들을 위협하는 무기로 보일지도 모른다는 근심 하나가 늘었습니다 거미그물은 잠자리, 나비들의 무덤으로 흔들리고, 볼 일 다 본 거미는 어디론가 떠났더군요 발자국도 남기지 않은 그 치밀함에 눈길이 갑니다 남의 목숨을 지우고 흔적도 남기지 않는 일이 어디 여기뿐이겠습니까만 산허리를 안개가 지우고 있었습니다

가랑잎 지다

외로움과 마주 앉아
정리하는 밤
간직해야 할 것들
아주 버려야 할 것들 사이에서
깊어가는 가을

당신과 나 사이에 정리해야 할 것은
먼지로 남은 것은
버리지 못하는 이유
바래어 가는 시간
불 밝히고 앉아
구석구석 쌓인 먼지를 쓸어내는 저녁
지나간 것은 모두 먼지던가

가만가만 다녀가는 계절
가장 안쪽에서 흐릿하게 피어나서
선명하게 남아 있는 당신,
잠깐 피었다 지는 것이 생이라고
가차 없이 버리는 나무의 정리법

3부

말지도

입에서 입으로 전수되는 지도를 가진 캇크 부족
한 사람을 잃으면 지도 한 장을 잃는 것
길을 알려주고, 세상을 알게 해주던 이름이 잊혀지는 것
지도는 사람 도서관
서로 참조하고, 연결되면서 지평을 넓혀가는
지도 위에서 무엇인가 배워가고
만나고, 헤어지고 가까워지는 발자국
누가 부르는 것 같아 자꾸 뒤돌아보게 되는,
실핏줄 빼곡한 길
사방에서 부스럭거리는 소리로 가득한
피붙이처럼 낯익어가는 길
지도 한 장에서 말들 우르르 몰려나오고
그리운 얼굴이 당도한 길
아득한 길 몸서리치며 걸어간 사람
사무치는 길,
가쁜 숨 내려놓은 지도 한 장

고비 사막

방금 새끼 낳은 낙타 어미와 새끼에게
고비의 밤이 다가온다
바람이 늑대다
숨어 있다가 느닷없이 달려드는,
바람에게 먹히는 사막
다음 날 아침이면
별일 아니라는 듯 청명한 하늘

십 리 밖에서도 물 냄새 맡고
물의 기억 더듬어 구덩이 파낸 후
물 다툼 해대는 낙타
젖 두 번 짜고 나면 고비의 하루가 저문다

새끼를 나 몰라라 하는 어미 몸에
마두금 걸어놓고
바람이 연주하는 소릴 듣게 하는 사람들
어미가 순한 눈빛으로 젖을 물린다
사막이 싱싱하게 피어난다

광야

입 밖으로 나온 말이 모두 기도가 되고
성가가 될 수밖에 없음을 알게 되지
차고 넘치던 생각들을 버리며
쿵쿵 제 발소리에 놀라 뒤돌아보게 되는,
구름 기둥 기다리며 걸어가야 하는 길
바람의 독서에 귀 기울이며
구름의 필체에 홀연히 빠지게 되고 말지
유난히 환하게 웃는 유도화가
독 품고 서 있어도
그것마저 반가워
말을 건네며, 어깨동무하게 되고
어쩌다 싯딤나무 한 채를 만나는 날이면
말문을 잃고 무릎 꿇게 되는 그곳
신을 찾고 또 찾다가
끊임없이 성전을 세울 수밖에 없는 곳

눈멀다

선인장만이 소금 기둥처럼 서 있는 한낮
잠깐 눈밭으로도 보인다는 소금 평야
소금에 눈먼 사람들
기계를 앞세워 소금자루를 채우는데
지금도 곡괭이와 끌로 소금 캐다가
반짝이는 소금 햇빛에 눈 멀어가는
치파야 부족
고요한 응시,
밥이자 경전인 소금
아무 망설임 없이
소금 지평선을 따라가다 날이 저물고
소금 창고를 채우려다 앞 못 보게 된다는
소금 호수 이야기
소금 주둔지의 소문을 들으셨는지
가파른 소금길 따라가는 라마의 발소릴 듣고 있는지
쉿!

사람 도서관

사람을 대출하는 도서관
한 번 빌리면 30분간 이야기를 들어준다는,
제 말 하기 급급한 시대에
이야기 들어주며 구절양장 마음을 읽게 한다는,
별별 사람 다 있는 세상에서
어떤 사람으로 읽히고 있는지
그대 속을 읽지 못해 속 태운 날들
상처받아도 속 끓이지 않는 나무를 생각하네
그댈 제대로 짚어내지 못해 딱따구리 되어 쪼아댔지
사랑하여 아프다는 말을 조금씩 알아가는 중이네
오지 않는다고 울컥 속울음 울며
폭설에 길이 막혀버린 그대를 정독하지 못해
동동 발 구르며 원망했던 시간
오독의 날이 허다했네
또박또박 읽고 싶은데 속독을 하고 마네
오늘도 난, 사람이란 책 속으로
헛헛한 마음을 밀어 넣는 중

광야의 그 나무

광야에서도 저를 버리지 않은
싯딤나무
바람결에 성가를 부르고 있던 나무
가끔씩 내리는 비로 몸 축이며 연명하는
그의 또 다른 이름은 조각목
메마른 대지에서 다져온 몸매가 다부지다
절망을 만나서도 작아지지 않았고
묵묵히 사막을 견뎌내며
전 생애를 기도로 살아온 나무
두려워 마라, 두려워 마라
스스로를 다독이며
건기를 건너온 그의 뿌리는
2km까지 뻗어간다
수천 년 대를 이어온 광야에서 만난 그 나무
성자처럼 깨어 있었다
신의 아들 가시관 되어
울고 또 울며 피 흘렸던 나무

양귀비꽃, 사라졌다

낡은 관사 마당 귀퉁이가 환해졌다
불쑥 피어난 양귀비꽃 다섯 송이
화장실 앞에 보란 듯이 피어
집의 중심이 되었다
시름시름 앓던 내게
마른 양귀비 삶아 먹이던
할머니 살아온 듯 반가워
절로 웃음꽃 피어나던 나날들
며칠 집 비운 사이
사라졌다, 양·귀·비·꽃
봄앓이가 시작된 건 그 무렵부터
그 후로 봄은 왔지만 봄의 심중에 이르지 못해
상처의 꽃밭으로 욱신거리고
가녀린 꽃대 위에
결기 가득한 눈빛으로 밝히던 꽃
속절없이 봄은 가고
양귀비꽃이 구름 속에서
집 찾아 돌아오는 소리 저벅저벅
선연하게 들려오는 유월

호박 공양

영 수상하다
보일러실 문을 확 열어젖히자
쥐똥 수북하다
텃밭에서 키운 호박 몇 덩이에
창을 내고 들락거렸다
처음엔 눈치 보며, 두근거리는 가슴으로
허기나 면하자고 시작했을 터
가솔들의 양식을 발견한 가장의 눈빛이
빛났을 것이다
당분간 밥걱정 없을 거라며

며칠 전 빨랫비누를 갉아 놓았던 녀석들이 틀림없다
이 식량을 앞에 놓고 왁자하게 잔치를 벌였으리라

내가 니들 밥이다
통째로 내놓은
호박 공양

수도 없이 들락거렸을 늙은 부처 위로
햇살 환하다

손

바나우에 테라스*,
순전히 사람 힘으로만 일궈낸 계단
온종일 허리 펼 틈 없네
그 뒤를 오리 떼 줄지어 가고
오체투지, 일보일배의 행렬
돌과 흙으로만 둑을 쌓아
산 정상 가까이 다다른 테라스
자주 내리는 비 덕분에
물 댈 걱정은 없는,
흙탕물 쏟아지는 폭포는 그저
배경이 되어 줄 뿐
농약도, 비료도, 농기계도 만져본 적 없는
울퉁불퉁한 저 손
구름이 머물러 다랑논 품고,
햇살이 잉태하여 계단논 낳은
아직은 자급자족이 남아 있는 마을
새로 태어난 아일 바라보며
농사일에 큰 보탬이 될 거라며
환하게 웃고 있는 무공해 농부

* 천상의 녹색 계단이라 불리우는 바타드족의 계단식 논을 일컬음. 세계
  문화 유산으로 지정됨.

마라*

여러 갈래로 부대끼며 사는 게
우리네 생이라는 나오미
고향으로 돌아온 순간 마라로 불러달라고
당당하게 말했네
와락, 마라를 느끼는 순간에도
그 뒤에 서 있는 기쁨의 모습을 본 자들이 있었네
어김없이 기쁨 뒤엔 괴로움도 뒤따르지만
결국 기쁜 일이 온다는 걸 믿는 자들이
세상을 바꾸게 마련
대대손손 빛나는 이름으로 남게 된 마라
그 속에 울울창창 희망을 새긴 기도가
숲을 이루었네
들판을 향해 주저하지 않고 걸어갔던
싱싱한 룻의 숨소리, 들리는가
룻을 통해 거둔 추수,
세상은 그것을 기적이라 부르지 않고
겸허하게 사랑이라고 부르고 있지

---

* 성경 '룻기'에 등장하는 룻의 시어머니인 나오미(기쁨을 뜻함)가 남편과
  아들을 잃은 뒤 고향으로 돌아와서 바꾼 이름. 괴로움을 뜻함.

설악

오랜 연민, 다툼 놔두고
설악 산양처럼 그 품에 들어
폭포를 만나면 폭포처럼 살았던
이력 잠시만 떠올리고
세상이 날 받아주지 않는다고
투덜거리던 심정 내려놓고
산 그림자 내려오면
어느 숲 모퉁이에 달빛 걸어두고
나무에 기대앉아
저 한 채 굽은 나무의 말
온몸으로 듣고 싶네

주먹왕 박춘식

　기억하는가, 영화 보기 전 우리 가슴을 두근거리게 했던 옛날의 영화 포스터 오촌 당숙은 영화 포스터를 그렸지 문희, 신성일, 엄앵란 당시 은막의 스타 얼굴을 알게된 건 순전히 당숙 덕이었지 국민학교 중퇴가 그의 학력전부지만 작은 사진 한 장 달랑 들고 그 커다란 포스터의 배우 표정을 생생하게 그려 후끈 달아오르게 하던 붓질, 어린 내가 엄마 치맛자락을 부여잡고 영화를 볼 수있었던 건 당숙이 건넨 이른바 공짜표의 힘이었지 연애시절 애인의 손을 잡을 수 있었던 것도 공짜표로 들어간영화관에서였지 당신의 무기였던 맨주먹은 컴퓨터에 의해 무참히 밀려났지 바야흐로 그의 첫 번째 전성시대가지나가고 있었던 거야 그의 손은 놀이공원 풍화된 페인트칠로 바빠졌지 어려서부터 손을 놀리지 않았던 그는가족들에게 생밤이나 호두를 맨주먹으로 깨서 먹이곤했는데 손 단련을 위해 틈틈이 돌을 깨고, 무쇠 솥뚜껑을 깨곤 했던 거야 맨손으로 못 박는 모습은 우리 눈을질끈 감게 했지 〈기인열전〉에서 부각된 것도 굳은살 박인 그의 맨주먹이었지 여전히 주업은 놀이공원 페인트공이었지만 특설무대에서 더욱 빛났던 주먹왕 박춘식

요즘은 빵집에서 빵 만들기 여념이 없다는 후문이 들리
는데 가끔씩 동해 파도 소리 들으며 격파를 하는 그를
보았다는 사람들이 더러 있더군 그 말을 듣는 순간 휘어
진 외로운 등 곡선이 떠올랐어 험난한 세상이 학교였던
주먹왕 아무도 가르쳐준 적 없지만 독학으로 알게 된 세
상, 어느 날 제사를 끝내고 그 솥뚜껑만 한 손으로 악보
도 없이 구슬프게 전자오르간 연주를 했지 악보를 읽을
줄 모른다는 건 그에게 전혀 문제가 되지 않았어 짐작하
겠지만 무쇠 솥뚜껑, 영화 포스터, 녹슨 못이 그의 교과
서였던 거야

마르고 닳도록, 길

숨이 턱에 닿도록 다니고 다녀서
어느새 익숙해진 길
흉터가 다져지고 다져져 굳은살 박인 길
오기와 후회가 범벅되어 익어간 길
발길에 닳고 닳아서
팽팽하던 길 어느덧 느슨해지고
마음에 *닳아진* 길
마르고 닳도록 걸어온 시간이
고스란히 여울져 있는 알몸의 길

아빠는 빗자루

빗자루 보며 웃던 당신
빗자루로 인해 하염없이 달리던 아빠

안 빠지는 빗자루로 달린다
아 빠지는 빗자루로 달린다
아 빠 는 빗자루로 달린다

외상장부 펼쳐 들던 직원에게
받을 생각 말라며
없애고 귀천하신 아버지,

남긴 거라곤 여러 종류의 빗자루뿐
소중한 사람을 만날 때마다
빗자루 건네는,
억만금보다 빗자루 유산이 자랑스럽다는
희순 씨 네 형제들
몽골 산 말총과 땀으로 엮어 만든 빗자루
앞뜰, 뒤뜰 살뜰히 쓸다 가신 아버지,
아빠는 빗자루!

하수오와 박주가리 사이에서

3대 강장 명약으로 이름 날리는 하수오
약효는 덜하지만 민간에서 약으로 흔히 쓰이는 박주가리
요즘 하수오를 먹고 있다 자랑했는데
박주가리 먹으면서 좋아라 했구면
생각이 문제다
그 후론 박주가리 잎을 먹긴 하지만
자랑스러운 마음이 사라졌다
혁명가가 되긴 영 글렀다
이름 있는 것에 눈이 간 게 드러났다
씁쓸함이 입안에 고인다
박주가리, 오늘도 풋풋한 웃음을 웃고
명약 아니어도 산들바람에 윤기 있는 얼굴로 생글거리고
웃음이 명약이라 했지
한여름이다

이런 순간,

마음이 해안선처럼 휘는 날
앞 도랑 건너 우체국으로 간다
밖으로 나와 나를 들여다보는 순간이다

내게 무얼 써야 할까 고민이다
섣불리 써내려 갈 수는 없는 노릇
빈 엽서를 들고 우체국까지 가기로 한다

우두커니 서 있는 느릅나무 지나
풀여뀌 위에 앉아 있는 잠자리 날개 떨림을 지나
짓다 만 폐건물에 머문다
아직 시작도 못한 내 말의 집이 불현듯 떠올랐다
이 길을 걷는 순간에도
아침 햇살 반짝이는 풀잎 이슬에도
찬란하게 집 지을 궁리 중이다

4부

섣불리

무심코 들어서다 큰코다치는 마을이 있다
여차하면에 속한 마을
그곳에 가려면 울지 마라
기억하지 마라
덤벼들지 마라
속내 여기저기를 살핀 후 들어가라
무모한 건 용서 안 되니
가볍게 돌아가는 바람개비 마음을 버려라
순간이란 있을 수 없다
분간할 길 없는 길이거든
주저 없이 돌아서라
지레짐작으로 가지 마라
허겁지겁 들어서지 마라
마음 흔들리는 날엔
재빨리 그 마을을 벗어나라
서문만 읽고 한사코 들어서려다
봉변당하는 이들
부분만 읽고, 부분만 인용하면
대역죄인으로 몰리는
의미심장이 출입중인 마을

항상이라는 말엔

아직도와 그래도가 살고 있다
아직도 바빠서 정신없는 그 사람
호랑이에게 물려가면 어떡하지
그래도 살아만 있으면 돼
항상, 무엇 때문에 그리도 바쁠까
어디다 정신 팔고 있는 걸까
정신을 다 팔고 나면 그다음엔 뭘 팔지

누가 알기나 했을까
아직도와 그래도라는 섬이 있다는 걸
그래도와 아직도는 서로를 알아보기나 할까
서로에게 아득한 아직도와 그래도
그 사이에서 깊어가는 항상

아직도와 그래도 발자국이 찍혀 있는 항상
그들 숨소리 들으며
격랑을 선명하게 기록하고 있는
담담한 그의 등

먹다

오늘도 마음먹는다
그까짓 것 큰 맘 먹고 해보자고

어제는
까불고 있다고 욕도 실컷 먹었다

고위 공직자가 돈 먹었다고
난리다

누군가는 매 맞은 덕분에 챔피언도 먹고
죽어라고 뛰었는데도
경기에서 한 골 먹기도 한다

새해 복 많이 받으라는 덕담을 꾸역꾸역 먹으며
나이도 한 살 먹는다
한 살 더 먹은 것에 겁먹고
눈가 주름을 한참 들여다본다

수업 시간에 아이들이 말을 안 들어

애먹는다
개중엔 잘 알아먹는 놈들이 있어
웃음 지을 때도 있지만

대학 졸업한 딸아이가 사회 물을 먹고 있다

누군가 골목길에서 고래고래 소리 지르고 있다
세월이 좀먹느냐고

허겁지겁

새 한 마리 쏜살같이 내려온다

사람 키만큼 날아오르다
허겁지겁 내려올 수밖에 없는 두려움

벼르고 별러서 날아올랐다
부득불 날개 접고 허공 바라보는
그에게 고소공포증이라고 말하지 마라
불안이 부추겨서
끊임없이 날기를 시도하는 것

제 몸의 열기를 활활 태워 얻은 날갯짓
저 새에게 누가 편자를 박아주지

거친 숨소리를 듣는 순간
겁쟁이라는 말은 가당치도 않다는 걸 알게 되지

머뭇거린다고 하지 마라
잠시 숨 고르며
결의를 다지고 있으니

어느 절에

절 세 곳을 다녀오면 복이 온다는 말을 들었다
어디 있느냐고 물어 **어리둥절**해졌지
대관절 여기가 어디인지 알 수가 있어야지
구구절절 늘어놓고 있잖아
어제는 어리둥절과 대관절, 구구절절에 있다 왔다
꿈속에서, 집도 절도 없이 헤매곤 한다
시도 밥도, 먹지 못하고 망설이는 날이 부쩍 늘었다
지금 **혼절 간절 속절**을 통과하는 중이다

서성이다

뒤돌아보면서 시작되었다
꽃밭이었고, 뭉게구름이었고
살랑 바람 불었다
후회로 범벅된 날들이 오글거렸다
아무도 가르쳐 주지 않는다고 발길질을 해대며
미리 읽어버리고 무릎 꿇은 채
너무 높다고, 아주 멀다고 중얼거리며
갈림길에선 허공을 바라보곤 하였다
기회는 눈앞에서 사라지기 일쑤고
거머쥐지 못한 행운은 풀밭에 숨어 있고
뒷짐을 진 채 어슬렁거리는 습관이 생겼다
가끔씩,
털끝 의심도 없이 달려가는 날들도 없진 않았지만
후회와 체념 사이에서 서성, 서성거리고 있다
일확천금은 애초에 노린 바 없지만
숲엔 안개가 수없이 몰려오겠지만
노을은 서쪽으로 붉게 물들어가고
꽃들은 기억해주는 이 없어도 피고 지고
이젠 돌아오지 않는 날을 위해 건배!

소통을 위하여

나의 사방은 꽉 막혔다
몸속에서 나간 말이
새파란 독毒으로
몇 동이째 쏟아지고 있다

함부로 지껄여서
세상을 소란케 한 죄
내 후회의 낟가리에 불을 놓는다
이 봄, 가뭄 길어졌으니
이리 와서, 장작개비를 얹어라
잡목 우거진 내 숲에
봄바람이여, 어서 불어다오

성급하여 들어주지 못하고
일방적으로 입 놀린 안달복달 깡그리 타도록
세상 말들 시원하게 들어올 수 있게
마음의 기미 재빨리 알아챌 수 있도록
활, 활 타올라라

개복숭아 나무 그늘에 가자

할 수 없는 일이 너무 많아,
하고 싶지 않은 일 참 많기도 하지
개떡을 우적거리며
개복숭아나무 그늘에 가자
개 같은 세상이지만
꼬리 치는 개를 데리고
산책을 나서는 거지
개복숭아 꽃그늘 아래서
속마음을 꺼내놓고
어디쯤 개불알꽃이 피어 있나 두리번거리는 거야
견딜 수 없는 건 없노라고 주억거리며
그럴 수밖에 없었던 사정이 있었을 거라고 끄덕이며
치욕적인 말을 잊기로 하자
세상만사 내 마음 같지 않은 거라고 다독이며
개복숭아 꽃향기 따라온
벌들의 붕붕거림을 자장가로 들으며
꽃잠이라도 청해 보는 거야

등이 가려워지기 시작했다

늦가을이면 부쩍 등이 가려워지기 시작했다
참을 수 없는 가려움
겨울이 어서 가길 학수고대하면서
시원하게 긁고 싶지만 등은 멀기만 하고
등이 가려울 때마다
살아가고 있는가
사라지고 있는가
시무룩해져만 간다
삶은 연명이야
등이 가려워지기 시작하면서
불혹인가, 부록인가에 시달리게 되었고
가까이 있지만 닿을 수 없는 것에 대해
더디 오는 봄에 대해 골몰하게 되고
이게 삶이냐고
치워라, 손!
숱한 가려움의 나날이 삶이라고
치워라, 몸!

절벽이 풍경을 만든다

절벽 위 사원을 향해
기도하려는 힘으로
지팡이 짚고 올라갔던 노파
기도한 힘으로 내려오고 있다
오가는 길에 볼 수 있는
기암괴석, 야생화, 폭포는 덤으로 여기며
아득함을 간절함으로 바꾼 시간들

사람이 절벽이다
절벽 너머엔 또 다른 절벽 있고
절벽에게 손을 뻗어야만 갈 수 있는 길
절벽 안에 집을 짓고,
절벽 위에 절을 지으며
절벽으로 장성을 이어 가는 나날들

안간힘과 아찔함,
때론 침묵이 감돌기도 하는 마을

절벽이 풍경을 만든다

빚

이 봄날에 꽃에게 놀러 갔다가
빚지고 돌아온다
눈부시게 피어오르는 아지랑이
여린 나뭇잎에 머무는 햇살
두 딸의 숨결, 산길, 잔물결
살아갈수록 빼곡하게 늘어나는
빚 목록
꿔주고도 전혀 독촉할 줄 모르는
채권자
연대보증도 세우지 않고
이율을 셈하지도 않는 은행
꽃잠 든 사이에도,
산길을 걸어가는 동안에도
빚을 지고, 또 진다
언제, 얼마나 꿨는지
누구에게도 발설하지 않는,
받겠다고 험상궂은 표정조차 짓지 않는
오지랖 넓은 빚쟁이들
평생을 두고 갚아도 다 갚을 수 없는
나의 채무

갈대의 노래

나를 흘러간 강물
나를 스쳐 간 바람
맘을 비우고, 비워서
몸을 피우고, 피워서
뜨거워진 이 자리

자신을 떠나고, 떠나서
제 몸을 벼리고, 벼려서
말갛게 말갛게 차오르는 노래

나를 물들이는 저녁노을
나를 빛나게 하는 저녁별

마음 중심을 세우고, 세워서
꺾이지 않는 갈대, 저 갈대
바람 찬 저 길에
그대가 보낸 가랑잎 편지
답장을 쓰지 못해 야위어가는 달빛
나를 불러 세우는 가을, 가을

꽃샘추위

꽃나무 가지에 새 한 마리
양지달굼 하며 갸웃거리고

팔 걷어붙인 어머니
장항아리 부셔내고

나무 그림자 성큼 길어지고

어쩌자고 눈앞에 봄꽃은 아른거리나

날도 저물어 가는데
대체 어딜 가려고
대문을 힘껏 열어젖히는가

강가에 가 보아라

무심코 던진 한마디가
가시 되어 찌르는 날엔
강가에 가 보라
조용히 물을 바라보라
햇살 반짝이며 찰랑이는
물의 노래를 듣게 되리
비가 내리는 날엔
낙숫물 떨어져 사방으로 퍼져가는
빗방울을 가만히 바라보라
함부로 던지려고 들었던 돌
슬그머니 내려놓으리
삶은 흘러가는 것임을
한 방울의 물에서 흘러왔으며
한 점 물방울로 돌아가는 것이라고
고개 끄덕이게 되리

외옹치

지친 하루를 끌고
외옹치 앞바다에 당도해
숨 고르는 파도

갈매기 발자국 가장자리 떨림에 눈길을 주다
오종종 걸어온 뻐근한 발바닥을 들여다본다
울산 바위 노을로 마음 건너가다
담 들러붙은 등 두드리는 저녁

앞자락 풀어헤치고 그악스럽게 달려드는 나날들
싸가지없다고 한 대 갈겨보지만
자꾸만 대들고 있는 세월아
애꿎은 갯바위 자꾸 덮치는 파도
종주먹 쥐어보지만 갈수록 작아지는 몸이여
갈기 곤두세우고 달려드는 바람에
몸서리치는 봄 바다
날도 저무니 쉬어가자고
외옹치 모래톱 위로 까맣게 내려앉는
청둥오리 떼

바다 산책

물수제비뜨며 간다

집착 한 덩이

허욕 한 덩이

온몸에 새겨진 채찍질 문장을 읽으며 간다

머리로 걸어오느라 쥐가 난 구절

펼쳐든 두루마리 행간으로 보이는 헛바늘 돋은 말

세상을 통과해온 말

파랑이다

힘줄이 불끈불끈

수많은 길들이 출렁이는

봄 바다

발문

광야를 걸으며 바람을 읽다

김 영 준(시인)

　내 삶이 고단하고 뒤척거리는데 남 삶에 대해 이러쿵
저러쿵 얘기하는 것은 참 죄스러운 일이다. 그게 굳이
윤리적인 태도가 아니어도 마찬가지다. 실존적으로도
이 죄스러움은 삶의 저변을 굳건히 자리하고 있다. 마찬
가지로 나의 시 작업이 흔적을 보이지 않고 늘 주변에서
만 배회하는데, 때론 그 존재 자체도 부정하고 싶은 날
의 연속인데, 남 시에 대해 미주알고주알 얘기하는 건
참으로 어려운 일이자 민망한 마음도 든다. 게다가 이런
형태의, 명료한 시 읽기가 동반해야 하는 글이 주는 무
게감이랄까 부담이랄까, 는 정말 무슨 글빚이나 진 원죄
처럼 다가와 곤혹스럽다.

　하여간 우선 요즘 들어서 어떤 시가 좋은 시인지 잘 모
르겠다. 아니 전혀 모르겠다는 게 솔직한 마음일 것이
다. 그래서 더욱 난감한 것이다. 그래도 써야 할까.

　이런 말을 서두에 꺼내는 것은 채재순 시인의 이번 시
집에 대한 나의 오독을 면피해 보려는 심사임을 숨기지

않는 것이다. 안목도 없고, 그럴 마음의 여유도 지니지 못하기 때문이다. 그러나 어쩌랴. 나의 무지와 오독을 감안하고 무작정 그의 시를 한번 따라가 보기로 한다.

대개의 삶이 그러하듯 채재순 시인이 처한 현실은, '몇 번의 낙심, 몇 건의 절교/ 며칠 동안의 환멸, 몇 평의 사막을 견딘 시간들'(「다이아몬드 읽기」)이었고, '여전히 비틀거리는/ 쇳덩이처럼 무거운'(「어디로 갔을까」) 것이었으며, '바람결에도 쉽게 다치는 일이 많았'(「물소리 잦아들 무렵」)던 날들이었다. 타자에게든 자신을 향한 것이든 '말로, 눈빛으로/ 아프게 하며 살아온 날들'(「평생」), 그래서 현실은 '어디든 링이'고 '그게 삶이라고'(「링」) 단언하는 그런 현실이다. '링'이라는 비유가 다소 상투적이어서 신선한 감동이 없고, 때론 의미와는 달리 희화화되는 경우도 볼 수 있지만, 그래도 우리의 삶에 대한 원초적 비유가 이것이 아닐 수 없고 그래서 삶의 형태를 더 선명하게 보여주기까지 하여 우리에게 가장 익숙하고 쉽게 다가설 수 있는 수사가 아닌가. 시인은 현실을 그렇게 인식하고 고발한다. 냉정하다.

하루에 5분씩 빨라지는 시계가 있다는 소식을 들었는지
마을 중앙 광장 커다란 시계탑 아래서
오래된 해시계는 가당찮은 유물일 뿐이라던 목소리
시계탑 속 시간에 따라

매일 5분씩 일찍 일어나기 시작한 마을 사람들
용맹정진 밭을 갈고, 씨앗을 뿌렸지
오래지 않아
신음소리 가득한 마을이 되었어
몇몇 사람들이 의심하기 시작하자
처형을 서두를 태세였지
천지간 정확한 것이라곤 중앙 광장 시계뿐이라고
단호하게 말했네
해시계를 찾아 나선 사람들 있었지
짐작하겠지만 백마흔네 번째 날 아침은
밝아오지 않았네
환한 대낮에 이부자리 펴고,
캄캄한 어둠 속에서 깨어나
논밭으로 나가야 했던 제국 백성들
누군가에 의해 조작된 시계
그 시간에 이끌려 살고 있지는 않은지
중앙 광장 시계탑 아래 서 있는 건 아닌지
지금 당장 점검하시라
거기에 들어서면 쉽사리 돌아 나올 수 없을 것이네
시계탑의 위용에 눌린 자 여럿 있었지
시계의 위험함을 누군가 알고 있다면
그 광장에 들어섰다 나온 자임이 틀림없다네
문득 삶이 깜깜해지거든
백마흔네 번째 날은 아닌가 의심하시게

———「백마흔네 번째 날의 아침」 전문

'하루에 5분씩 빨라지는 시계'는 기존의 시간 속에서 살아온 지극히 상식적인 인간들에게 상식을 전도하는 태도를 강요하고 있다. 시계 추종자에게 있어 그 상식이란 그저 '가당찮은 유물'일 뿐이고, 사람들은 '신음소리 가득한 마을'의 주민으로만 살아있게 되었으며, 반대자들은 '처형'까지 각오해야만 한다. '백마흔네 번째'라는 채 1년도 안 되는 짧은 시간 동안 사람들은 정신적 혼돈에 휩싸이게 되고, 기존의 질서나 자기 가치는 송두리째 잃어버릴 수밖에 없게 된 것이다. 자신도 인식하지 못하는 사이 낮이 밤으로 바뀌고 밤이 낮으로 바뀌는 황당한 상황 속에서 의도한 바 없이 맹목적으로 수용하게 되는 육체적 정신적 혼란이 그것이다. '환한 대낮에 이부자리 펴고,/캄캄한 어둠 속에서 깨어나'는 전도된 생활 리듬 속에서 점차 멸실되어 가는 인간의 모습은 그야말로 산 자의 모습이 아닐 것이다. 어찌 읽으면 변화를 두려워하는 인간이나 사회의 문제를 제기하는 것 같기도 하지만, 결국 '시계'라는 마력과 권력을 동원해 인간과 사회를 호도하는, 그야말로 독재자의 그것처럼 행동하는 현실의 문제를 보여주고 있다 하겠다. 모든 게 일방적인, '텔레파시 부재중'(「텔레파시」)인 사회이다. 마치 빅브라더를 연상하게도 한다. '해시계'는 과거의 것이고 온당하지 못한 것이며 결국 '마을 중앙 광장 커다란 시계탑'만이 유일하고 숭배의 가치를 지닌 것이라는, 절대적 맹종을 강요하는 사회와 이로 인해 '삶이 깜깜해'진 사람들의 호흡

만 겨우 남아있는 절대 곤궁의 파시스트적인 사회인 것이다. 그 사회의 구성원이 된다는 것은 어쩌면 먼 미래의 일이 아닌 현재의 실상 그대로가 아닐까 하는 생각을 하게도 된다.

삶이 고단하고 지리멸렬할 때 우리가 찾아 나서는 것은 무엇일까. 외부에서 수혈받을 수도 있겠지만, 종국에는 자신에게서 찾아야 할 것이다. 사물에 새로운 의미를 부여하는 일은 그런 의미에서 뒤척이는 자아를 회복하는 하나의 방식이다. 새로운 사물이나 풍경 속에서 새로운 것을 찾아내는 것도 좋지만, 동일한 세계 속에서도 이를 어떻게 인식하고 자기화하느냐에 따라 많은 것들이 달라질 수 있다.

그런 의미에서 발견의 기쁨은 누구에게나 생기를 불어넣어 주는 일이다. 더욱이 의도하지 않은 발견일 때는 더욱 그러하다. 그 생기는 삶의 자양분이 되어 존재의 의미를 확대해 나가는 역할을 한다. 이를 통해 지난한 삶의 고단함에서 잠시라도 비켜설 수 있음을 반가워하고 이를 오래도록 견지해 보고자 한다. 삶의 정당성에 조금이나마 근거를 두려는, 그래서 삶을 유지하게 하는 힘 같은 것이다.

삶이란 어차피 지난한 걸음의 노정에 있는 것이다. 발걸음을 뗄 때부터 그 길은 나의 그림자와 같아 한시도 곁을 비우지 않고, 몸의 무게와도 관계없이 늘 뒤뚱거리게 만들고 있다. 그 노정에는 '사막'도 있고 '절벽'도, '산맥'도 있으며 '바람'도 있다. 그들 속에서 함께 걷고 그들의 마음을 읽으며 그 의미에 다가서려 하고, 그런 후 시인은 발견의 기쁨을 누리고자 한다. 그래서 시인은 '계곡의 절벽에 새겨진 마음 읽었을 때/비로소 시인이 되었다'고 진술하고 있다.

> 그 계곡 절벽에 새겨진 마음 읽었을 때
> 비로소 시인이 되었다
> 그동안 산발한 머리채로 걸어왔다
> 집과 신전을 각인하며 살았던
> 그들 마음속으로 저벅저벅 들어가는 순간
> 화살이 가슴으로 날아들었다
> 온몸으로 앓았다
> 삶이 미로라는 걸 일찍이 깨달은 자들의 틈새 보며
> 낙타 등 의지해 서쪽으로 가고 있다
> 숨가쁜 사랑도, 절박한 사랑도 간 곳 없다
> 절대 고독 향해 성큼성큼 걸어간
> 선배 시인이 있었다
> 순간을 새겨 넣으며
> 혼신을 다해 쓰고 간,
> 개 한 마리 계곡으로 가고 있었다
> 생의 하루를 절뚝이며
> 고스란히 먼지를 뒤집어쓴 채
>
> ─「페트라」전문

시인에게 있어 '절벽'은 삶의 한 여정이자 깨달음의 극단적인 환경이다. '몸속 가득 비명을 숨겨놓고 산 적도 있지'만 '엉금엉금 기어서라도' '가야 하'(『벼랑 학교』)고, 그래서 '아흔 노모의 귀는 캄캄절벽'이지만 '밀고 당기는 일 없는 캄캄절벽이 환하다'(『캄캄절벽이 환하다』)며 오히려 그 막막함에서 역설적 의미를 발견하기도 한다. '사람이 절벽이'기에 '절벽에게 손을 뻗어야만 갈 수 있는 길'(『절벽이 풍경을 만든다』)을 찾아 나서는 것도 결국 그것이다.

시인은 요르단의 고대 도시 페트라로 들어가고 있다. 거기서 발견한 풍경은 계곡 절벽과 신전이었다. 고대에는 선지자들이 이 길을 걸었을 테지만 지금은 시인이 이 길을 가고 있다. 노정路程으로서의 길이 아닌 선지자들의 마음의 길을 따라가고 있다. 무언가 숙연한 가운데 시인은 그 풍경 속에서 자아를 되돌아보고 있다. '그동안 산발한 머리채로 걸어왔'으나 '그들 마음속으로' '들어가는 순간/ 화살이 가슴으로 날아들었다'. 그리고 나서는 '온몸으로 앓았다'고 말한다. 이런 진술이 가능한 것은 막막한 절벽에 부딪혔을 때에야 일순 깨닫게 된 삶의 진실이 가장 곡진하고 가치 있는 삶임을 시인은 발견한 것이 아니었을까. '산발한 채' 걸어온 삶이었어도 '생의 하루를 절뚝이며/ 먼지를 뒤집어쓴 채'라도 묵묵히 걸어가야 하는 이유가 바로 여기에 있을 것이다. 게다가 '시인'의 자세는 선지자의 그것과도 같은 것이어야 한다는 암시를 내비친다. 선지자를 '선배 시인'으로 지칭한 것도 그렇지만, 그런 자세의 삶이 곧 제대로 된 시인의 자세라는 인식이 바로 그것이다. 제대로 된 가치와 대면하는 자세를 말하는 것이리라.

그러나 시인은 그런 류의 극단적 상황에만 전적으로 의지하지는 않는다. 극이 또 다른 극을 부르는 일의 반복은 어쩌면 불행일지도 모른다. 그만큼 절절해야 하고 그만큼 육신은 물론 정신과 영혼까지 피폐해지는 양상을 보아왔기 때문이다.

시인은 이를 위해 '길'을 찾아 나선다. 절벽도 하나의 길일 테지만, 좀 더 온순한 의미의 길 위에서도 그 의미는 여전히 본질을 흐리지 않는다.

몇 개의 국경을 넘어간다
지문을 찍고, 카메라에 나를 들이대며 간다
숨 고르며 잠시 긴장된 눈빛으로
국경을 넘어갈 때마다 바뀌는 풍경
숨가쁘게 먹여주는 것을 읽으며
책장을 넘긴다
배경을 꼭꼭 챙기며 기념 촬영도 잊지 않고
걷고 또 걷다 보면
여정은 줄어들고
여기서는 오래된 일인 듯 하품을 해대며

스탬프를 찍어주는 출입국 직원
후미진 골목길을 지나, 광야를 건너
눈 비비며, 도로표지판을 읽으며
가야 하는 순례의 길
스스로 묶이고 중독되어 가는 길
가끔 되새김 하는 순간
입안 가득해지는 단맛
그 끝에 고스란히 지어져 있는
고요한 집 한 채

—「독서」 전문

시인이 지나가는 '몇 개의 국경'은 지표상의 경계가 아
니다. 시인이 지나왔고 또 지나가야 하는 삶의 궤적이
다. 그것은 '순례의 길'이고 '스스로 묶이고 중독되어 가
는 길'이다. 그 여정은 시인이 찾는 본질적 자아를 향하
고 있다. 종국에 가 닿을 곳은 '고요한 집 한 채'가 있는
평화롭게 안주할 수 있는 신성한 세계이다. 이를 위해
시인은 길 위의 여러 풍경을 담담하면서도 세밀히 관찰
하고 그려낸다. 들뜨지 않고 흥분하지 않으며 찾아가는
세계이다. 종교적 메시지와도 전혀 무관하다 할 수 없
으나, 이를 통해 자신이 추구하는 궁극의 세계를 지향
한다.
그러나 이 세계는 그냥 이루어지는 게 아니다. '긴장된
눈빛'이 필요하고 '후미진 골목길을 지나'야 하고 '광야를

건너'야 한다. 그래야 닿을 수 있는 세계이다. 시인은 '광야'를 시적 공간으로, 삶의 현장으로 자주 끌어내고 있다. '시간의 흔적은 광야에 있다'(「광야의 적막」)고 하며 그곳은 '흙먼지 가득한' 그런 곳이라 한다. 하지만 그 공간은 '감질난다 투덜거리지 않고/ 물기와 햇살 품고 있는 꽃'(「광야의 꽃」)이 있는 곳이며, '말문을 잃고 무릎 꿇게 되는 그곳'(「광야」)이며, '묵묵히 사막을 견뎌내'(「광야의 그 나무」)는 나무가 있는 공간이다. 광야는 극한의 상황을 제공하기도 하지만 이를 통해 얻어지는 새로운 깨달음을 얻어낼 수 있는 역설의 공감임을 아는 것이다. 그래서 '들판을 향해 주저하지 않고 걸어'(「마라」)갈 수 있는 그런 곳이다. 선지자의 광야가 진리를 찾아 나선 공간이었다면 시인의 광야는 이런 궤적을 따라나선 공간이었으며, 선지자가 고행을 통해 다른 이들의 고난을 짊어지고 간 곳이었다면 시인은 반성의 공간, 성찰의 공간으로 이를 택했다고 볼 수 있다. 광야는 그렇게 시인에게 있어 자신을 추스르고 자신을 올곧게 하는 믿음의 공간으로 존재한다.

시인이 얻고자 하는 궁극의 삶의 방식은 흐름에 순응하며 주어진 상황을 '즐기는' 것일 게다. '무공해 농부'(「손」)처럼 자연의 질서를 따르고, '잠깐 피었다 지는 것이 생이라'(「가랑잎 지다」)고 인식하는 만큼 주어진 삶의 흐름에 좀 더 충실하게 다가서려 한다. 진정 즐길 수 있을 때

그것이 화자의 것이 될 수 있음을 인식하는 것이다.

> 바람 향해 날개를 펴고
> 폭풍 봉우리까지 솟아오른 후
> 바람 잦아들기를 기다려
> 먼 거리까지 활강하는,
> 높은 벼랑 위에서
> 거세게 몰아치는 바람에
> 제 자신을 맡기는,
> 날아오를 수 있는 98퍼센트의 힘은
> 바람에게 얻는다는 신천옹信天翁
> 이 새의 또 다른 이름
> 하늘을 믿고 살아가던 예전의 어느 노인처럼
> 천연덕스럽게,
> 날아가려고 아등바등하지 않으면서
> 폭풍을 즐기는
> 새의 시간
>
> —「앨버트로스」 전문

현상에 대한 집착은 자칫 자신을 그르치게 될 뿐만 아니라 정신까지도 갉아먹는 일이 될 수 있음을 모두가 인지하고 있는 바다. 무언가를 찾을 수 있으리라는 기대는 점차 멀어지고 그만큼 자신을 옥죄는 일이 될 것이다. 시인은 그런 욕망의 한계를 알고 있다. 삶의 흐름대로 그 흐름에 밀착하여 그저 걸어가고자 하는 시인의 모습이 떠오른다.

'거세게 몰아치는 바람에/ 제 자신을 맡기'고, '날아가려고 아등바등하지 않으면서/ 폭풍을 즐기는/ 새'의 행위는 전적으로 믿음에 기초하고 있다. '바람에/ 제 자신을 맡기는' 이 새는 '바람에게 얻는' 힘으로 '천연덕스럽게' 제 삶을 추구한다. 더 정확히 말하면 추구한다는 의식도 없이 흐름에 따른다. '신천信天'이란 바로 그런 인식이다. '하늘을 믿고' 하늘이 주는 대로 받는 것이야말로 진정한 삶의 자세임을 깨달은 것이다. 이런 인식은 본질적 삶이 결국 대립적 관계 속에서 이루어지는 것이 아님을 깨닫는 과정이다. 대립이 주는 불편함을 이미 알고 있었는지도 모른다. 그래서 '바람 잦아들기를 기다리'는 것도 '폭풍을 즐기는' 여유로움도, 지극히 '천연덕스러'움도 가능한 것이 아닐까. 그런 삶의 자세를 견지해 나가고 싶은 것이리라.

시인이 사물을 바라보는 태도를 독서 행위와 연관 짓고 있는 게 눈에 띈다. 몇몇의 시 제목도 있지만 시행에서 이런 수사는 수시로 등장한다.

> 숨가쁘게 먹여주는 것을 읽으며/ 책장을 넘긴다 —「독서」
> 계곡 절벽에 새겨진 마음 읽었을 때 —「페트라」
> 신의 걸작 중 한 장을 읽게 됐다며 —「광야의 꽃」
> 바람의 독서에 귀 기울이며 —「광야」

타는 저녁놀을 읽어봐라 —「광야의 적막」
텔레파시만으로 상대의 마음을 읽고 있지 —「텔레파시」
그대를 정독하지 못해 —「사람 도서관」
부분만 읽고, 부분만 인용하면 —「섣불리」
서문만 읽고 한사코 돌아서려다 —「섣불리」
침묵에 길들여진 책갈피 —「도서관의 고요」

　독서는 추체험의 행위이다. 모든 행위가 불가능한 상태를 극복하고자 하는 또 다른 탐구이다. 여기에서 독서는 글을 읽는 행위를 뜻하지만은 않는다. 사물에 대한 새로운 접근법이며, 이는 자신이 주체가 되는 행위임을 암시하는 것이기도 하다. 적극적으로 이를 찾아 나서는 태도이다. 이 중에서 「말지도」는 이를 종합적으로 보여주는 맛을 지닌다. '캇크 부족'은 아마도 문자를 가지고 있지 않을 것이고, 한 사람 한 사람의 경험이 그들의 지혜의 총체일 것이다. 문자가 문명의 척도라지만, 사실 가장 중요한 삶의 지혜는 경험에서 비롯되는 것일 테다. 그런 면에서 캇크 부족의 지도는 눈으로 보는 단순한 그림이 아니다. 이를 얻기 위해서는 그들의 삶의 행적을 하나하나 따라가야 한다. 그들이 습득한 삶의 방식만이 아니라 그들의 생각 속까지 따라가야 한다. 이렇게 가야 하는 길은 결국 독서 행위가 동반되어야 가능하다. 지도책을 보는 것도 그 자체 독서 행위이지만, 그들의 지혜를 내 것으로 만드는 것은 더 충실한 독서를 필요로 한다. 지도를 '보는' 것이 아니라 '읽는' 것, 나아가 자신의 온몸을 '담는' 것이어야 한다.

> 입에서 입으로 전수되는 지도를 가진 캇크 부족
> 한 사람을 잃으면 지도 한 장을 잃는 것
> 길을 알려주고, 세상을 알게 해주던 이름이 잊혀지는 것
> 지도는 사람 도서관
> 서로 참조하고, 연결되면서 지평을 넓혀가는
> 지도 위에서 무엇인가 배워가고
> 만나고, 헤어지고 가까워지는 발자국
> 누가 부르는 것 같아 자꾸 뒤돌아보게 되는,
> 실핏줄 빼곡한 길
> 사방에서 부스럭거리는 소리로 가득한
> 피붙이처럼 낯익어가는 길
> 지도 한 장에서 말들 우르르 몰려나오고
> 그리운 얼굴이 당도한 길
> 아득한 길 몸서리치며 걸어간 사람
> 사무치는 길,
> 가쁜 숨 내려놓은 지도 한 장
>
> ──「말지도」전문

시인이 자신의 올바른 삶을 위해 직시하고 있는 대상은 '참사람 부족'이다. 참사람 부족은 궁극적인 삶의 세계를 지향하는 사람들이다. '어제의 나보다 더 나아진 나

를 기념하는'(『기념일』) 집단이며, '마음에서 마음으로 가는 길을 알고 있는'(『텔레파시』) 사람들이다. '자기 기준으로 남을 판단하지 않고/ 스스로 선택한 길로 걸어가'(『기념일』)야 하는 것을 알고 있으며, '말은 마음으로 하는 것이란 걸/ 몸소 보여주고 있는 사람들'(『텔레파시』)이다. 사물이나 현상에 대한 인식이 확고하고, 평화롭고 자유로우며 하늘의 질서에 순응하는 그런 류의 집단이다, 사회이다. 그야말로 '참사람'이다. '캇크 부족'도 분명 이 범주에 속한다 할 수 있다.

무정형의 지도를 갖고 있는 부족, 사람이 곧 각각의 지도인 부족, '한 사람을 잃으면 지도 한 장을 잃는', 한 사람 한 사람이 역사이자 문화인 부족, 그 자체가 주체이자 본질적인 존재인 부족이다. 캇크 부족은 그런 면에서 각각이 '사람 도서관'이다. 역사와 문화를 소중히 여기는, 무엇보다 사람을 소중히 여기는 부족이다. 사람과 사람이 만나는 통로는 각각이 지닌 '길'을 통해서이다. '실핏줄 빼곡한 길'을 통해 '피붙이처럼 낯익어가는 길'로 나서는 것이며 '그리운 얼굴이 당도하는 길'이다. 이 길은 무언가를 찾으려 애쓰는 의식적인 길이 아니며, 인위적으로 만들어진 길은 더욱 아니다. 그만큼 몸에 익어 자연스럽게 길과 길을 잇는 그런 길이다. '서로 참조하고, 연결되면서 지평을 넓혀가는' 길이다. 그래서 혼자이어서는 의미가 없으며 서로 간의 관계를 통해 확장되고 충족되는 길이다. 개인사가 모여 사회사가 되고 나아가 인류사가 되는 것처럼 사람 냄새가 빠진 역사가 아닌, 사람 그 자체가 소중한 역사로 존재하는 부족과 그들이 가는 길이다. 그만큼 마음 깊이 '사무치는 길'이다. 이를 통해 시인은 사람 그 자체는 물론, 그들이 지닌 역사적 문화적 가치의 중대함을 깨닫고 있다. 그것이 진정한 역사이고 문화이며 정신이기 때문이다.

채재순 시인의 이번 시편 중에는 실험적인 시도 재미를 더한다. 「선불리」, 「항상이라는 말엔」, 「먹다」, 「허겁지겁」, 「어느 절에」, 「서성이다」, 「마르고 닳도록, 길」 같은 시편들이다. 언어유희라는 장치 외에 활달한 언어 사용이 주는 경쾌함이 잠시나마 웃음기를 띠게 한다. 지나치게 진중한 삶의 태도에서 벗어나고자 하는 마음의 일단을 읽을 수 있다. 일상과 그 틀을 벗어나려는 그런 시도는 시인에게 있어 시의 영역을 확장시켜 주는 의미도 있고, 이를 통해 기존의 문법 질서를 어느 정도 깨보고자 하는 의욕도 느끼게 한다. '농담이 태어나는 곳은 웃음기라곤 없'는 곳이며 그래서 '생명을 담보로 태어나는 농담'(「농담의 기원」)이 필요한 이유가 된다. 그러나 아직 몇 편의 작업에 그치고 있어 이에 대한 논의는 다음으로 미루어 두어야 할 것이다.

채재순 시인의 이번 시집을 일별하며, 그가 지닌 열정

과 열의를 다시금 확인할 수 있었다. 매사에 적극적이며 긍정적인 성정대로 시의 세계도 함께 그 길을 가고 있다. 현실을 직시하고자 하는 태도와 그런 삶 속에서 진정한 인간다움의 길로 들어서려는 자세는 그의 중요한 시적 매력이 될 수 있다. 그래서일까. 그의 시에서 단정적인 어조를 자주 발견할 수 있는데, 이는 때로 시의 서정으로부터 멀어지는 듯하고 감상의 맥을 끊기도 한다는 걸 참고했으면 한다. 시가 단순한 메시지 역할만을 하는 양식이 아니라 정서에 가 닿아야 하는 정서적 양식, 감동의 양식이기 때문이다.

그의 이번 시집은 시적 대상이 참으로 다양하다. 그런 가운데서도 충실히 읽히는 것은 사람다움의 모습이고, 이는 현실에 대한 비판적 인식과 반성을 동반한다. 크게는 사회에 대한, 작게는 시인과 그 주변에 대한 것까지 그러하다. 사소한 것에서 얻는 삶에 대한 지혜와 그런 마음은 오히려 거대 담론보다도 본질적이고 애틋하다.

> 오독誤讀의 날이 많아도
> 오기誤記의 나날이어도
> 아쉽지 않은 눈
> 저물어가는 혀로
> 짭짤한 꽃게장 맛나게 드시네
> 끊임없이 티격태격하는 동안

등판에 소금꽃이 피었네
정작 어머니의 중얼거림에
귀가 어두워진 건 누구였던가
— 「등판에 소금꽃 피었네」 부분

    '오독誤讀'과 '오기誤記'가 연속되는 삶이어도 '아쉽지 않은 눈'을 지닌 삶, 그런 연륜과 경험이 쌓아놓은 지혜로운 삶이 정작 사람다움의 모습이고 본질이 아닐까 시인은 생각한다. 그런 '어머니'가 지금까지 쌓아놓은 삶의 지혜는 그 자체로 존경받을 수 있는 가치 있는 것이다. '귀가 어두워진 건 누구였던가'라는 반문이 가능한 건 어쩌면 매우 당연한 것인지 모른다. 작은 것에서 진정한 무엇을 발견하는 기쁨이 이런 것일 게다. '신천옹信天翁'이나 '캇크 부족'이 모두 오랜 연륜과 그에 따른 삶의 지혜를 지니고 있다는 면에서 이와 일맥상통한다.

    시인은 광야를 걸으며 바람을 읽고 참사람을 만나고 싶어한다. 이 행위는 앞으로도 오래도록 지속될 것이다. 광야는 멀리 있지 않으며, 인식의 눈만 열면 되는 것이다. 그 인식의 눈은 지속되는 독서 행위를 통해 이루어질 것이고, 주변의 사물에 대한 애정 어린 눈짓이 함께하여야 한다. 그러나 이 길은 편한 길이 아니다. 수많은 고뇌와 분골의 난관을 지나야 한다. 그런 후 그 바탕 위에 '고요한 집 한 채'를 지으며 그 집에 거주하는

'참사람'으로 우뚝하기를 기대해 본다. 열정과 진정성을 같이 지닌 시인이기에 이런 기대는 그리 먼 일이 아닐 것이라 믿는다. 좋은 시인은 좋은 사람을 말하는 것이 아닐까. 좋은 시인은 참다운 삶을 지향하는 사람이 아닐까.